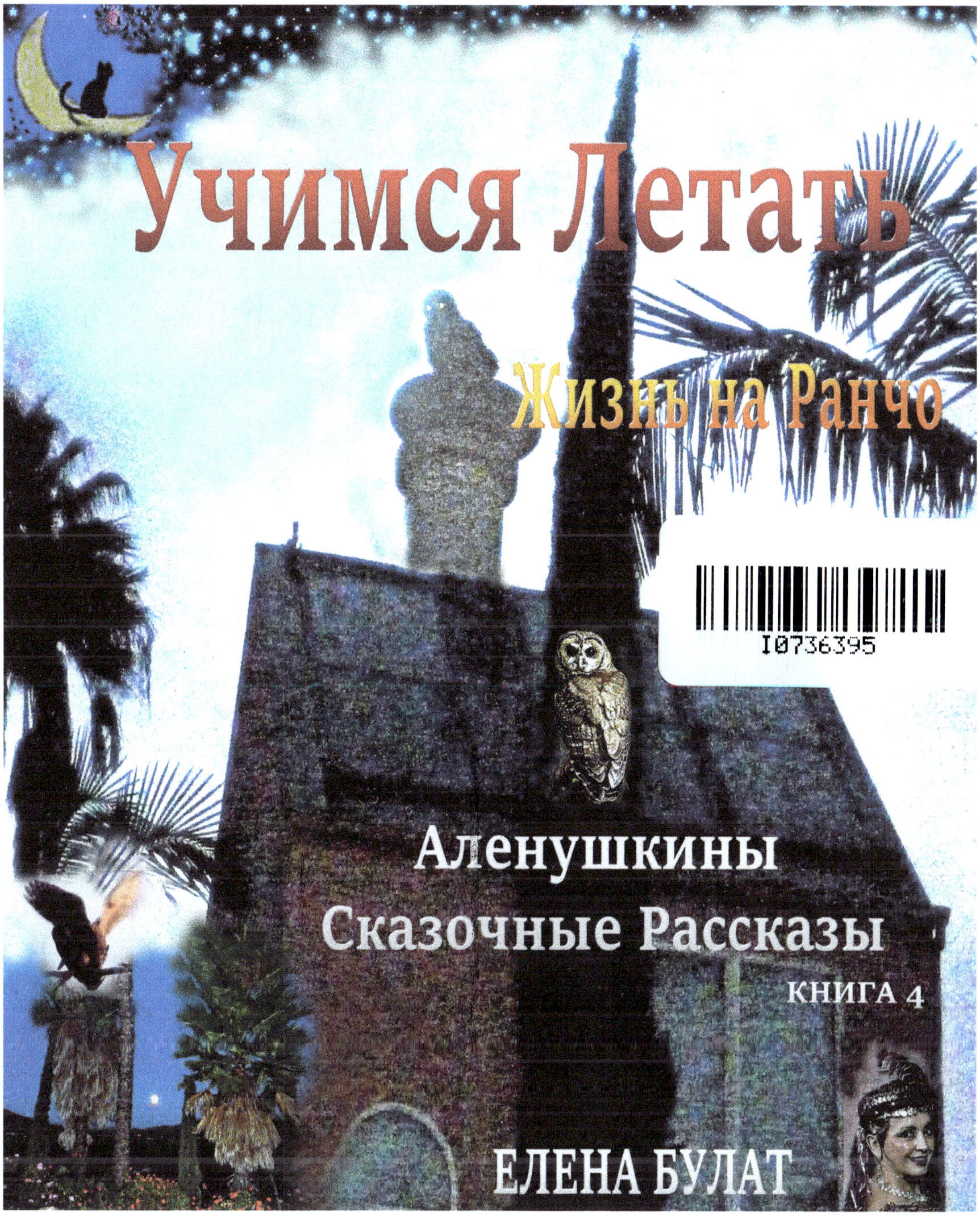

Учимся Летать

Жизнь на Ранчо

Аленушкины
Сказочные Рассказы

КНИГА 4

ЕЛЕНА БУЛАТ

978-1-952907-07-4

Учимся Летать
Жизнь на Ранчо

***

Аленушкины Сказочные Рассказы
Книга 4

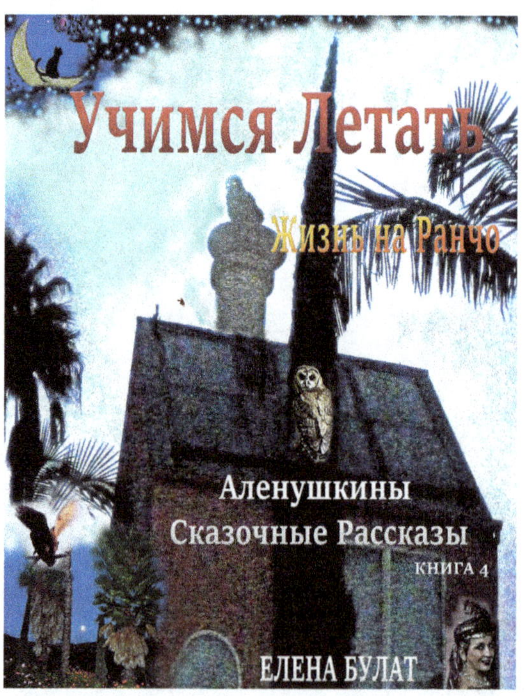

ЕЛЕНА БУЛАТ

ISBN: 978-1-952907-07-4

***

Содержание

***

Душа Сада

Просите, и вам будет дано. Я попросил у Бога воды, он дал мне океан. Я попросил у Бога цветок, он дал мне сад. Я попросил у Бога дерево, он дал мне лес. Я попросил у Бога друга, он дал мне тебя. В мире много тьмы. Но погасить её можно светом одной свечи. Это Свеча Любви, Надежды и Дружбы. Свеча ничего не теряет, зажигая другую свечу!

***

В саду бабушки, где росла Аленушка, был невероятный приятный аромат. Там к ней всегда приходило легкое и спокойное чувство радости. Аленушка могла оставаться там часами, прячась от всех неприятностей. А выходила она оттуда с новой энергией и чувством облегчения. Она знала, что Душа Сада любит и оберегает ее, как никто другой.

Аленушка наблюдала за птицами, поющими на деревьях, радостно встречала Божью Коровку у себя на ладони. Ей было любопытно, чем были заняты весь день муравьи, постоянно куда-то спешащие. Девочка любила их всех.

Сад дарил пищу и кров для многих живых существ. Особенно Аленушка любила подлезать под ряды винограда, и есть вкусные ягоды прямо с куста. Все, что она могла найти в саду, было ее основным источником питания.

* * *

Каждую весну ее бабушка и дедушка сажали картошку и многие другие овощи. Аленушка шла за своим дедушкой, который выкапывал розовый, свежий картофель, и собирала его в корзину. Летом дождя почти не было, и поэтому все растения боролись за выживание. Поливать сад надо было лейкой, ходя между грядками.

А воду носить от далекого колодца. Но Аленушка делала это с песнями, которые она знала от бабушки.

Зайцы в саду слушали её песни, а пчелы перестали гудеть. Дворовые собаки с любовью и преданностью смотрели на свою маленькую хозяйку. Они всегда были готовы ее утешать. Аленушка узнала, что множество живых существа весело жили в одном саду. Они же и научили девочку, как добиваться самого важного в жизни, преодолевая все препятствия на пути к мечте.

Бабушка Аня учила свою внучку: «*Что посеешь, то и пожнешь. Старайтесь*

быть добрыми, честными и сострадательными человеком. Ты когда-то начнешь пожинать плоды того, что будешь сажать сейчас. Так что, важно делиться изобилием своего сада. Это могут быть фрукты, цветы, травы, овощи. Но это могут быть и твои дела, поступки, отношение к окружающим».

Душа Сада дарила Аленушке утешение и радость, и девочка впитала эту чуткую душу в себя. Но появился у Аленушки свой собственный сад только тридцать лет спустя, когда она переехала в Калифорнию.

***

Связующие Нити

После нескольких лет разлуки, летом 19961 года мама Эмма вернулась в Геленджик со своим новым мужем. Они строили новый дом недалеко от берега Черного моря, и Аленушка вскоре должна была туда переехать. Но неприятный, тонкогубый, грубый и недалекий отчим не понравился девочке. Кроме того, она не хотела покидать дом любящей бабушки, где она жила с раннего детства. Аленушка попыталась отодвинуть момент разлуки.

Она стояла возле окна, смотрела в сад и слушала радио. Внезапно диктор с негодованием начал транслировать шокирующую новость. Двадцатилетний Американский студент Виктор и его друг пытались спрятать девушку в багажнике своей машины, чтобы перевезти ее из Восточного Берлина на Запад. Но их остановили, обыскали и отправили в тюрьму. Бабушка мальчика по имени Эмма, как и все его родственники, ужасно волновалась по поводу этих событий и пыталась помочь ему. Аленушка очень поразилась, узнав, что по странному совпадению, имя бабушки этого Американского мальчика было таким же, что и у матери Аленушки. Это было большим сюрпризом для девочки, и она запомнила эту радиопередачу.

Мать подошла к ней и взяла ее за руку: *«Пора уезжать в наш новый дом»!* Но Аленушка громко, с неприязнью, но твердо заявила: *«А я уеду в Америку от всех вас»!*

В 1960-е годы, во время начала холодной войны с Америкой, пожелать такое было просто возмутительным богохульством. Так что, в ответ, все просто посмеялись над дикой шуткой Аленушки.

В то время, слушая советское радио, истерически осуждающее американских  студентов, Аленушка не могла представить, что каким-то волшебным образом, тридцать пять лет спустя, этот мальчик Виктор станет ее преданным и любящим мужем. Невидимые, соединяющие нити плели пути судьбы, связывая будущее с настоящим. Вихри судьбы, подобно волнам бушующего океана, взлетали и падали, увлекая за собой человека.

Дом на Холме

Аленушка встретил своего доброго рыцаря Виктора в 1996 году. Потом она переехала на его цитрусово-авокадовое ранчо. Она поселилась в большом доме на вершине холма. Территория вокруг Ранчо была окружена несколькими высохшими холмами, которые также принадлежали Виктору. Поскольку в Калифорнии редко шли дожди, то горы выглядели серо-коричневыми круглый год. Одна огромная гора была довольно близко от дома и закрывала горизонт.

Необычный, огромный Дом на холме был очень тихим и уединенным местом. Но во дворе рядом с домом прежние жильцы никогда и ничего не сажали. Там

что, все вокруг во дворе выглядело запущенным и диким, как и окружающая природа вокруг него.

На западной стороне, внизу холма, около озера постепенно

был выстроен чистенький, аккуратненький, спальный район средних Американцев. Ряды домов тянулись до самой скоростной магистрали. Но дождей всегда было мало, и вскоре это озеро высохло. Внизу холма была речка, но постепенно она тоже высохла, и на ее дне выросло много деревьев. Иногда зимой шли долгие дожди. И после этих редких, но продолжительных проливных дождей река внизу холмов выходила из берегов. Мощная, бурлящая вода затапливала обе стороны реки и доходила до самых домиков спального района. Наступало странное время, когда жители Дома на холме были изолированы в своем замке. В огромные окна они видели вокруг себя только тысячи фруктовых деревьев.

Когда-то в молодости, Виктор построил на ранчо свои собственные колодцы и имел сложную, автоматическую система орошения плантаций. Дом на холме также имел собственную систему очистки питьевой воды и собственный резервуар для газа, которым отапливался дом. Зимой, жители дома всегда имели на неделю достаточный запас еды на случай изоляции от проливных дождей. Все дороги размывались дождями, холмы осыпались, и выехать с Ранчо было невозможно. Когда грязь и слякоть немного просыхала, Виктор садился на свой трактор и прокладывал новые дороги к дому.

Большую часть своего времени Аленушка проводила на ранчо. Вскоре после своего переезда на ранчо, она начала облагораживать территорию вокруг дома. Она посадила много разных красивых деревьев, кустов и цветов, создав собственный великолепный сад-рай.

Но однажды пришли с гор шакалы. Они тихо подошли ночью к самому дому, утащили кота Тошу, и сильно поранили собачку, которая его защищала. После этого, Аленушка попросила Виктора поставить забор вокруг дома. А позже завела двух умных и смелых немецких овчарок. Преданные собаки очень любили Аленушку, которая кормила, дрессировала и гуляла с ними. Так они жили счастливо двадцать пять лет, наблюдая за всеми изменениями, которые происходили вокруг.

Постепенно внизу под холмом появилось множество жилых домов нового района. А гул машин на скоростной дороге стал достигать Дома на холме. Этот шум цивилизации значительно увеличился с течением времени и манил Аленушку к себе давно забытыми звуками.

В силу энергичного характера и яркой личности Аленушке было очень трудно жить в тихом изолированном Ранчо. В России она вела очень активный образ жизни,

много работала, и все время переезжала. Бабушка говорила, что «движение - это жизнь». Иными словами, мы живы, пока мы движемся.

Спокойная, комфортная жизнь на Ранчо стала просто испытанием для общительной девушки, любящей блистать в обществе. Эта тихая жизнь сильно контрастировала с той захватывающей жизнью, что была у Аленушке в Санкт-Петербурге. Поэтому, Аленушка очень медленно привыкала к тишине и изоляции того места, где она жила. Ее ежедневное общение было в основном с ее собаками, хотя те и были её благодарными и любящими слушателями.

Ко всему прочему, Аленушка родилась на Черном море, и всю жизнь прожила в морском климате. Когда же она оказалась на сухом и пыльном Калифорнийском ранчо, она тосковала по морю. Океан был в сорока минутах езды на машине, и однажды, её любящий Рыцарь купил домик там, на берегу океана. Это было самым прекрасным решением всех проблем, и Аленушку старалась уезжать туда почти каждый день.

Но энергичный и творческий разум Аленушки искал большего. Позже она нашла некоторое утешение в обучении студентов танцам, в организации благотворительных концертов и в круизах по миру. Затем, она начала писать свои книги.

***

Ночная музыка

Аленушка жила на вершине холма, среди гор, цитрусовых деревьев плантаций и авокадо. Некоторые люди задавались вопросом, есть ли шум на таком ранчо. Такой

удивительный вопрос говорил ей, что люди не слушают свои ночи.

Часто спокойный сон не приходил к Аленушке, и много разных ночных звуков беспокоили её, заставляя бродить по дому. Но было на Ранчо и приятное время. Это было зимой. Иногда ветер или дождь издавали очень уютные звуки. А в доме было хорошо, безопасно и комфортно. Особенно расслабление и отдых приходил во время дождей.

На Ранчо вообще было много разных звуков. Трещали кузнечики и разные насекомые, пели птицы и квакали лягушки после дождя, когда на высохшей реке появлялось немного воды. После дождя через открытые окна Аленушка слышала огромный хор счастливых, множащихся лягушек.

Громко работающая система орошения, с их насосами под холмами постоянно издавала громкий, металлический гул. Но работящему Виктору он давал уверенность в том, что все идет на Ранчо своим чередом, и казался ему гарантией порядка. Около полуночи начинали тявкать и завывать шакалы, а собаки грозно отвечали им, предупреждая, что они больше не потерпят их своеволия на Ранчо. Каждую ночь

Аленушка слушала эту ночную музыку, думая о том, что делать дальше и как жить. Она чувствовала, что для того, чтобы чувствовать

себя счастливой, ей надо просто продолжать танцевать, учить студентов, писать

рассказы и путешествовать. Океан очищал ее энергию и помогал ей легче жить в чужой стране.

Старинные часы, принадлежащие еще дедушки Виктора, били каждый час, громко напоминая о быстротечности жизни. А наверху современные часы отвечали новыми звуками: «Жизнь продолжается».

***

Собаки

Универсальность немецкой овчарки тщательно задействована в выполнении множества задач. Эта порода изначально была создана для выпаса овец. Знаменитые качества немецкой овчарки это интеллект, ловкость, скорость, хитрость и общий авторитет. Но они были созданы не в полицейской академии, а на овечьем пастбище. Сегодня немецкие овчарки является предпочтительной собакой для полицейских и военных подразделений во всем мире.

На изолированном ранчо, среди холмов и плантаций цитрусовых, жить без собак просто невозможно. Вот в саду и жили две умнейшие немецкие овчарки: Тузик и Соня. Вокруг Дома на холме был поставлен высокий металлический забор, чтобы собаки не убегали вниз, на плантации или в горы. В вокруг дома был также огороженный забором огромный сад на холме, который Аленушка создавала годами. В саду было много её личных фруктовых деревьев, цветов и кустарников. Собаки были приучены ходить в туалет за пределами сада. Аленушка любила держать свой сад в чистоте. Несколько раз в день она гуляла со своими собаками по разным дорогам ранчо.

Тузик тоже был невероятно умным и интуитивным псом. Он посещал школу собаководства, и окончил её с призами. У Тузика было много энергии и, когда мы его выпускали из-за забора, он слома голову несся вниз по холмам за зайцами или другими живностями. Так однажды он и сломал себе ногу. Операция была неудачной, ветеринар не

соблюдал гигиену, Тузик получил инфекцию и долго болел. Аленушка лечила его упорно, стараясь сохранить ему жизнь. Тузик это ценил, доверял ей безоговорочно и позволял делать с собой все что угодно. Но он был чрезвычайно ревнив и не хотел видеть никого рядом со своей хозяйкой.

Однажды Тузик помчался за работником ранчо, который убирал сорняки у забора нашего сада. Но опытный Мексиканец ударил собачку по носу так сильно, что тот прибежал домой с кровью. С тех пор Тузик ненавидел всех людей. Он готов был разорвать на части любого почтальона, приближающегося к забору.

Чтобы Тузик не скучал и стал более общительным, как-то во дворе появилась овчарка Соня. Она была просто веселая милашка, всех вокруг любила заранее. Мы очень опасались за жизнь и здоровье наших самых любимых собак. Старались давать им витамины и хорошее питание. У каждой собачки была своя будка и огромная огороженная территория сада.

Тузик был потрясающим сторожем – охранником. Он слышал всех тех, кто въезжал в главные ворота далеко внизу холма, и слегка дважды гавкал, оповещая всех об этом. У него был особый лай для разных случаев жизни. Он также четко понимал и рассказывал Аленушке своим особым лаем, кто и где работает на ранчо. Тузик стал дверным звонком, сигнализационной системой, главным охранником и преданным другом. У него все его таланты были прирожденные. Но главную свою миссию он видел в том, чтобы защищать своих хозяев.

Когда появилась во дворе флиртующая и всех обожающая Соня, Тузик слегка опечалился. Видя, что Аленушка опекает молодую собачку и не разрешает Тузику на неё рычать, он со временем стал больше привязываться к Виктору. Особенно потому, что Виктор частенько брал с собой Тузика в грузовик, когда ехал проверять ранчо или почту.

Позже Тузик привык к веселой и игривой Соне, особенно когда он заметил, что его владельцы любили их одинаково, никого не выделяя.

А Соня училась у Тузика всему, что тот знал и умел. Она ему подражала во всем. Соня была невероятно умна и невероятно впечатлительна. Но её главная черта была любовь ко всему вокруг. Но она не хотела бегать одна нигде. Она обычно думала, что ее существование имело только одну цель: сделать всех счастливыми, повилять хвостом и всех расцеловать. Это была ее натура.

Аленушка запретила собакам прыгать на нее с поцелуями и объятиями. Однако вскоре Соня поняла, что Виктор ничего ей не говорит на это, и не запрещает её поцелуи. Поэтому каждый раз, когда Соня видела Виктора, она легко подпрыгивала до его головы и нежно чмокала в щеку. Это был ее способ сказать: *«Я люблю тебя больше всего на свете, потому что ты никогда не ругаешь меня ни за что».*

Посторонние люди практически никогда не приглашались в Дом на холме. Собаки скучали без их службы по охране и мечтали просто полаять от души хоть на кого-то. Они хотели делать свою работу, защищая свою территорию, дом и имущество владельцев. Но чаще всего и защищать-то было не от кого. Время от времени они были очень счастливы, когда вдруг могли осуществлять свои права на работу. Они рьяно выполняли свой долг по защите собственности от любых вторжений машины почтальона или машины с доставкой продуктов. Тогда-то они отводили свою душу, наслаждаясь громким и яростным лаем. Несколько раз водители имели неосторожность выйти из машины и даже пройти до главной двери дома. Если ворота были открыты, то Тузик сразу же набрасывался на легкомысленного человека, который не хотел замечать вывески «Во дворе Злая Собака». Тузик учил такого дурня уму–разуму, оставляя сильные укусы до крови, если хозяйка не успевала его остановить. Так что, хозяева держали ворота на запоре.

После такой хорошо выполненной работы по охране их уважаемой территории, собачкам все же надо было выйти за пределы ограды и еще раз пометить всю свою территорию. Это делал всегда мальчик Тузик. Это была его работа. Собачка Соня не видела в этом особого смысла. Она и лаять-то не хотела, и делала

это только из-за уважения к Тузику, чтобы его поддержать в его стремлении делать хорошо его работу. Соня считала себя балериной и была очень аккуратной девочкой. Она не любила дождь, и тщательно обходила все лужи, в то время, пока Тузик всюду летел напролом.

После прогулок они возвращались домой с желанием съесть что-нибудь вкусное, даже сухой корм для собак был для них в порядке вещей. На ночь глядя, они всегда ожидали какое-либо лакомство. Закусить на сон грядущий было святое дело. Они же и ночью продолжали работать, охраняя свою территорию от всяких ночных зверей, шатающихся повсюду.

Тузик и Соня не хотели охотиться ни на зайцев в огороде, ни на белок. Тузик был уже довольно стар, и вообще не хотел слишком много двигаться без веской причины. В жаркий день им было лень бегать по саду. Собаки ждали, когда Аленушка пойдет с ними гулять и прикажет им, что надо делать. Большую часть дня они просто лежали в огороде или во внутреннем дворике, и не хотели даже шевелить ушами.

Летом они любили плавать в бассейне. Аленушка каждому из них бросала в бассейн игрушку. Тузик прыгал, плыл и приносил игрушку хозяйке. А Соня нехотя сначала трогала лапой воду, а вдруг вода очень холодная. Потом она смотрела на хозяйку, проверяя, вдруг она передумает и не заставит Соню плавать. Хотя Соня не любила

воду так как любил её Тузик, но все же ей приходилось плыть за игрушкой. Хотя она и тут хитрила. Соня возвращалась тут же назад, вместо того чтобы доплыть до конца огромного бассейна и выйти там с другого его конца.

Потом Аленушка купила для каждого из них свой собственный бассейн. В жаркие дни собаки прыгали в них и стояли там, наслаждаясь.

С первого дня их жизни на Ранчо Аленушка научила своих собак бегать на специальных беговых дорожках. Ее гараж был ее танцевальной студией. Но у нее там были две машины - беговые дорожки. Собаки знали, что им нужно по команде бежать там несколько минут, прежде чем они получат их ужин. Иногда юная Соня не хотела делать такое, казалось, бесполезное упражнение. Поэтому, когда ее никто не видел, она спрыгивала с машины и пряталась за бегающим по приказу Тузиком. Увидев это, Аленушка начала привязывать ее к механизму. Тогда, свободолюбивая Соня была вынуждена её слушаться, как бы ей этого не хотелось.

Собаки были очень умны и знали много слов. Они внимательно слушали свою хозяйку, следя за всеми её даже маленькими движениями. Они знали заранее, что она от них хочет получить, и старались сделать все, как она им велит, пытаясь сделать хозяйку счастливой. Но они не любили упражнениями в гараже, предпочитая просто прогулки по Ранчо.

Змеи

Территория вокруг дома и холмов была населена многими змеями, в том числе, ядовитыми «гремучками.» Они начинали хорошо двигаться, когда становилось жарко. Обычно это было время с мая и до октября. Змеи все еще были всюду и зимой, но им не нравится холодная погода. В прохладное время года они мало двигаются и просто медлительны.   Но Аленушка несколько раз видела гремучих змей, когда гуляла со своими собаками по дорогам ранчо.

В Калифорнии много гремучих змей, поэтому всех собак рекомендуют возить на специальный урок распознавания змей. Поэтому. Аленушка и Виктор повезли туда Тузика и Соню. Это был невероятно тяжелый урок для них. Живая змея лежала на пустыре, а инструктор подводил к ней довольно близко каждую собаку на привязи. Когда собака видела змею и чувствовала её запах, змея шипела, а инструктор ударял собаку током. Это был жестокий и панический урок для собак.

Однако однажды ночью Тузик не увидел змею заранее, и был укушен. Он закричал от ужасной боли, но все же, сильно хромая, вернулся домой, и попросил Аленушку ему помочь выжить. Его нога очень быстро распухла. Аленушка сразу же дала ему две таблетки витамина К. Она знала, что витамин К применяют против яда. Затем она и Виктор повезли собачку в «скорою помощь». Там ветеринарный врач пытался спасти собачке жизнь, и всю ночь Тузик лежал под капельницей.

После этого ужасного события на стопах Тузика были повреждены нервы. Он не мог ступать на горячую землю, и не мог ходить гулять в жаркую погоду. Тузик навсегда запомнил, что если ему кричат «нет», он сразу же должен остановиться и посмотреть, где опасность.

В другой раз, около 6 вечера, Аленушка гуляла со своими собаками около плантаций хурмы. Она всегда держала свою чересчур эмоциональную Соню на поводке. Но опытный и постаревший Тузик, как всегда, свободно бежал впереди них. Внезапно он молча замер и вытянул голову вперед. Соня хотела рвануться вперед и посмотреть, что же там остановила её друга. И вдруг Аленушка увидела «гремучую змею», лежащую прямо посередине той дороги, где они шли. Змея была всего-то в двух метрах от них. Аленушка и Соня тоже остановились. Просто, стояли и ждали.

Они увидели, как ужасная ядовитая гремучая змея была плотно свернута в напряженную спираль, готовую к атаке. Только её голова была поднята вверх, в сторону Тузика. А конец её хвоста бился в устрашающем, характерном для такого момента звуке. По-видимому, она охотилась на белок, и была готова стремительно выпрямить, раскрутить свои кольца, и огромным, смертельным прыжком настигнуть свою жертву. Когда змея почувствовала, что Тузик подошел слишком близко к ней, она начала стучать хвостом с ужасающим звуком, который заставил всех чувствовать

холод в крови. Змея прошипела: *«Я - твоя смерть! Не подходи ближе!*

Аленушка подумала: *«Ну, на этот раз нам повезло! Эти змея хотя бы предупредила нас заранее!»*

И они обошли ее на большом расстоянии. Но через минуту с места, где лежала змея, раздался страшный умирающий крик укушенной белки. Змея получила свой ужин.

Другим летним вечером, гремучая змея преследовала мышей и приползла к

самому крыльцу, где была кровать Тузика. Эта змея издавала угрожающий шум, готовая укусить и убить любого своим ядом. Тузик рявкал на нее, пытаясь прогнать змею. Но змея чувствовала, что попала в ловушку, и подняла верхнюю часть тела для атаки. Аленушка отогнала собаку подальше от змеи, и позвала Виктора. Отважный Рыцарь вышел с ружьем, застрелил в змею, и выбросил её с холма. Аленушка вымыла крыльцо хлоркой. К счастью, и на этот раз все обошлось благополучно.

Главным было увидеть змею во время, издали и обойти её, или дать ей возможность убраться восвояси.

***

Зайцы

У Аленушки был свой офис в нижней части дома. Как-то раз, во время перерыва, она выглянула в окно. Там, в огороде сидели зайцы, и пытались поужинать лепестками роз. Один из них был довольно большого размера. Это, видимо, была зайчиха-мать. Она

чувствовала прекрасный аромат розы, и была уверена, что роза полезна, съедобна и хороша на вкус. Поэтому, она немного вытянулась и добралась до цветка. Больше на земле ничего съедобного не росло.

Вокруг нее уже была только голая земля. Её постоянно растущая семья съели все, что было съедобным. Только зеленые, длинные листья нарциссов все еще были там нетронутыми. Но их сочные листья были ядовиты. Хотя зайцы были порой очень голодны, но они знали, что можно есть, а что нельзя и плохо для здоровья. Прекрасные и длинные листья нарцисса выглядели такими зелеными и восхитительными, но кролики не могли их съесть.

Аленушка сделала фотографии семьи зайцев через окно своего офиса. К зайчихе вышли её дети, чтобы погреться на солнышке и насладиться прекрасным днем. Один из них разлегся на камушках, и стал загорать, периодически переворачиваясь с боку на бок и вытягивая ноги.

Семья зайцев жила под кустами огнезащитного растения - Пламбего. Там они прятались от собак и от всех других опасностей сада. Когда вокруг дома возводили

забор, то они оказались как бы запертыми в саду. А может быть, они там остались специально, чувствуя себя счастливее и более защищенными. Их отец-Заяц прибегал к ним каждый вечер в гости, проведать свою семью и пополнить её новым потомством. Он жил за забором, в дальнем конце холма. Но каждый вечер на закате, он спешил к ним на обед, считая важным провести время со своей родной семьей.

Когда-то они все сидели под окном и смотрели вверх. Понятно, они говорили: *«Аленушка! Идите в сад и принесите нам вкусную зеленую траву. В саду её так много».*

Аленушка выслушал их, увидела их симпатичные физиономии, и пошла собирать им траву. Она так делала некоторое время, и бросала зеленую травку на место под окном своего офиса. Зайцы прибегали через некоторое время и кричали: *«Смотрите! Вот чудо-то! Ну прямо, Рог изобилия!»*

Аленушка избаловала зайцев своей щедрой помощью, и они перестали трудиться и искать себе пропитание. Но рвать сорняки и приносить их зайцам Аленушке тоже вскоре надоело. Тогда, она решила купить для них огромный пакет моркови. Она думала, что этот мешок продержится несколько месяцев. Каждый день она бросала несколько огромных морковок в сад. Но через час вся морковь исчезла полностью. А вскоре и огромный мешок опустел. Его не удалось растянуть на долгое время. Но зайцы очень поправились, располнели и похорошели. Они радостно смотрели на её окно и говорили: *«Спасибо тебе, Боже, за твою щедрость и за этот дождь изобилия! Мы надеемся, что такая твоя щедрость никогда не закончится, и нам больше не нужно будет работать за еду».*

Каждый день на закате Аленушка видела зайцев под своим окном. Они не уходили далеко от кустов Пламбего, где был их дом. Они боялись любого шороха. Их длинные уши испуганно поворачивались на любой шорох. Они сидели близко

к дому и смотрели в окно. Их глаза ясно говорили, что они голодны. Мать-Зайчиха упрекала Аленушку за остановку снабжения. Аленушка принесла им еще только один раз травы и бросила в огород ненужные уже апельсины.

Но на такое лакомство, тут же выскочила белка, и начала быстро все это жевать. Она любила апельсины. Белка тоже жила под тему же кустами. Они все вместе были счастливой семьей.

Но в июне белки забрались на абрикосовые и миндальные деревья и съели все плоды, которые еще были на ветках. Аленушка поняла, что ей нужно защищать свои фруктовые деревья от белок. Она обернула стволы деревьев металлическими листами. Вот так она сохранила фрукты для себя.

***

Птицы

Много ярких птицы живут на ранчо, особенно вокруг бассейна и в непосредственной близости от дома, где это безопаснее. Они селятся и в саду, где так много постоянно цветущих цветов и поливочной воды.

Певчие птицы появляются в марте, и сразу же начинают искать партнеров, с которыми они могли бы сыграть в свои любовные игры. Март - очень шумное и напряженное время для птиц, особенно ранними утрами. В основном, они поют свои прекрасные песни о любви и прославляют свою радостную жизнь.

Аленушка поместила в саду несколько птичьих домиков, и они сразу же заняли их. Приятно просыпаться под прекрасное пение птиц.

Затем в апреле птицы формируют свои семьи и начинают строить гнезда. Они давно поняли, что вороны и ястребы живут рядом и могут разрушить их гнезда и унести птенцов. Поэтому, певчие птички, поумнев, стали строить свои гнезда в более защищенных местах, у самого крыльца, в нижней части кипариса, в нижней части пальмы.

В мае певчие птицы откладывают яйца и высиживают птенцов. У некоторых быстро появляются громко вопящие детки. Когда Аленушка кормит своих собак, птенцы тоже очень громко кричат, потому что они всегда голодные.

Собачка Тузик периодически выражал беспокойство по поводу проникновения птиц на его территорию. Но потом он понял, что его хозяйка хочет, чтобы он изучил новую работу по защите певчих птиц. Поэтому, со временем, видя Аленушку с ружьем, Тузик понял от каких хищников надо защищать их. Он начал лаять на приближающихся ворон и ястребов, зовя хозяйку выходить с ружьем и стрелять по разбойникам.

На ранчо было много ворон. Певчие птицы пытались поселиться ближе к дому, чтобы сохранить свои гнезда. Когда мать певчей птички улетела за едой, вороны были тут как тут. Они летели к незащищенным гнездам и атаковали нежных птенцов.

Однажды большая стая ворон прилетела к последней пальме на западной дороге. Там было спрятано гнездо сокола с маленькими соколятами. Самая большая ворона влезла в гнездо, а другие летали рядом, охраняя её завтрак. Они разорила гнездо сокола, который искал мышей для своих птенцов. Когда соколиха прилетела, она была очень удивлена, увидев, что её тщательно спрятанное в пальмовых ветках гнездо пусто. Она просто сидела там, поворачивая голову во все стороны, оглядываясь и ища, кого же надо наказать. Но вороны уже улетели далеко.

Слыша мерзкие крики ворон, Аленушка обычно выскакивала из дома с ружьем и стреляла в них, но никогда не попадая. Вороны боялись так же и её громких криков и размахивания рук.

Тузик, видя ворон издали, смотрели вверх, говоря: «*Настало время сделать что-то решительное против этих дерзких птиц*». И призывал хозяйку действовать решительно. Увидев Аленушку с ружьем и собаками, громко крича противными хриплыми голосами, вороны улетали так быстро, что их перья сыпались дождем. Они боялись людей. Но по своей трусливой, хитрой и наглой природе, они привыкли действовать совершенно неожиданно, исподтишка.

Однажды, рано утром вороны прилетели очень близко ко двору, где на пальмах уже были новые гнезда певчих птиц. Они сидели рядом, наблюдая, нет ли поблизости угрозы ружья. Потом, Аленушка услышала неприятный, грубый и громкий крик охотящихся ворон. Она выбегала с ружьем и выстреляла вверх. Вороны знали этот звук и немедленно разлетелись.

Аленушка изучила их повадки и знала, что некоторые вороны тихо подлетают к гнездам певчих птиц на закате, кружат вокруг пальм и ищут, чем поживиться. Она заранее выходит и помогает маленьким птичкам в борьбе за выживание.

Но певчие птички и сами стараются защищаться, как могут. У них есть птицы - смотрители. Эти птички сидят высоко на кипарисах, смотрят вокруг, наблюдая за происходящим, и убеждаясь, не приближается ли враг разорять их гнезда. Если он видят ворону, то смело атакуют её, а потом продолжают лететь за ней и пытаются

даже клюнуть ее в голову. Такая птичка во много раз меньше вороны. Но они обладают невероятной смелостью. Эту смелость им дает их глубокая преданность семье, их любовь к своему дому и детям. Их работа - защищать свою семью любыми способами. Но все же им нужна помощь людей.

Рядом со спальней Аленушки, ранним весенним утром, множество певчих птиц начинают свои прекрасные песни радости, приветствия новый день.

Но затем прилетает несколько наглых ворон. Они топчутся по крыше ее спальни с громким грохотом. Вот прилетела еще одна наглая ворона. Она с громким противным криком стала уговаривать подружку присоединиться к ней в её танце на крыше. Аленушка не выдержала. Мало того, что эти грубиянки-вороны разбудили её раньше обычного, но еще они имеют наглость прилетать так близко к человеческому жилью и орать, что есть сил!

Она схватила свое ружьё, что всегда стояло в углу, и выскочила из дома. Её выстрел напугал непрошенных грубиянок, и они разлетелись, громко её осуждая за не гостеприимство. Так обычно начинались Аленушкины дни.

Уроки

У разных птиц разные голоса. Некоторые поют громко и активно разговаривают друг с другом в течение дня. Однажды Аленушка увидела одну птичью семью, у которой появился новый сын Бобби.   Этот птенец был необычайно громким и нетерпеливым. Каждое утро и перед заходом солнца они приходят за едой на поляну. Но мать-птица немедленно уходила вперед, подальше от мужа и ее очаровательного, но такого шумного сына. Матери хотелось покоя, и она наслаждалась завтраком в одиночестве и тишине. Ее мужу не так повезло, он не имел возможности спокойно поесть. Их подрастающий сын всегда был голоден, и выходило так, что его отец должен был его кормить.

Птенец Бобби уже был такого же размера, как и его родители, но он не хотел ничего делать сам для себя. Он постоянно бежал рядом с отцом, с широко открытым ртом и с очень громким криком: *«Дай мне еды, дай мне больше еды!»* Когда он видел, что его отец что-то нашел в траве, Бобби сразу же открыл рот и подсовывал его ко рту отца. У отца не было другого выбора, кроме как дать сыну то, что он нашел. Скрипучий, громкий голос ленивого сына, его постоянно открытый рот, и его надоедливые требования, казалось, ужасно надоели не только его родителям, но и всем обитателям вокруг. Несколько разных птиц прилетели на шум, посмотрели на эту досадную сцену, не одобрили ее и улетели по своим делам.

У трудолюбивого отца совсем не было времени поесть самому. Он прилагал много усилий, чтобы научить сына добывать еду самостоятельно и показывал, как это делать. Птенец только один раз ткнулся в траву, ничего не нашел и сдался. И Бобби продолжил бежать за своим отцом с широко раскрытым ртом, громко крича:

«Больше еды, больше еды!» Каждый день Аленушка легко узнавала этот громкий голос птенца Бобби требовавшего еду от отца. Но через несколько дней отец изменил свою тактику. Когда он видел что-то съедобное в траве, он останавливался возле нее, ожидая, когда его сын подойдет ближе. Затем мудрый отец убегал сломя ноги от своего голодного сына. А Бобби продолжал бежать за отцом, требуя еды, вместо того, чтобы посмотреть вниз и найти её в траве.

Наконец мать не выдержала и подошла к ним. Ее раздражали вопли и требования птенца. Когда он опять открыл рот, она мгновенно прыгнула между ними и оттолкнула в сторону назойливого мальчишку. Птенец был в шоке от такого

действия его матери, и стоял некоторое время молча.

На следующий день отец попробовал что-то новое. Он нашел хорошую еду в траве и взял ее себе в рот. Но потом, вместо того, чтобы отдать еду своему птенцу, отец просто держал эту «вкусняшку» и глядел в другую сторону. Так он проделал несколько раз, ничего не давая сыну.

Его сын посмотрел вниз и поковырялся в траве, но ничего не нашел. Затем он поднял голову, подошел к отцу и открыл рот. Но его отец не дал ему ничего, он просто проглотил вкусную еду сам. А потом отец опять нашел что-то вкусное, но вместо того, чтобы отдать эту еду Бобби, он просто убежал от сына с клювом полным еды. Он убегал и кричал: *Попробуй еще раз, сын мой. Вся еда у тебя под ногами, просто ищи ее!»*

У Бобби не было другого выбора, кроме как начать искать еду самому. Его отец преподал ему хороший урок.

На следующее утро после завтрака Бобби и его родители провели семейную встречу. Они с радостью утвердили, что их сын имеет уже навыки поиска пищи. Но теперь пришло время учить его некоторым правилам хорошего тона и как себя вести в обществе. Отец сказал: *«Бог дал тебе родителей. Но ты сам будешь заводить друзей по собственному выбору. Когда ты их найдешь, старайся сохранить друзей на всю жизнь»*.

Мама сказала: *«Помни сын: мы все счастливы только тогда, когда у нас есть кто-то, с кем можно поделиться нашим счастливым временем. Чем больше ты делишься с друзьями тем, что имеешь, тем больше радости ты будешь чувствовать, и тем счастливее ты будешь в жизни»*. С этими мудрыми мыслями они оставили Бобби одного устраивать свою жизнь на его собственный лад, как он того желает.

На следующее утро это семейство снова прилетело на поляну. Малыш Бобби почтительно ходил между своими гордыми родителями, находя еду самостоятельно. Когда его усилия были успешными, он был очень взволнован, но все же пытался говорить с родителями очень вежливо. И они весело, со вниманием ответили ему. Было очевидно, что Бобби усвоил очень важный урок. Он узнал, что для того, чтобы добиться успеха в птичьем обществе, очень важно быть приятным для всех вокруг него.

На ближайшем дереве Аленушка увидела другое семейство птиц, которые воспевали новый, прекрасный день. Она некоторое время наблюдала за ними, а затем тоже пошла по своим человеческим делам.

Совенок

Однажды вечером Аленушка и её собаки шли вдоль холма. Внезапно собаки очень разволновались, особенно Тузик, который пытался даже забраться на пальму. Аленушка подошла ближе и увидела очень необычное животное, сидящее вверх тормашками на стволе пальмы. Он крепко ухватился лапами за шершавый ствол, а его крылья были широко раскрыты. Казалось, что одно его крыло зацепилось за

корявую поверхность пальмы, и он не мог двигаться. Малыш крутил головой, смотрел на всех огромными наивными глазами, тяжело дышал от усилий.

Аленушка позвала своего доброго Рыцаря Виктора, который тут же пришел и сказал, что это был маленький совенок. Это была его

первая ночь, когда он выбрался из родительского гнезда. Но он не знал, что делать со своими огромными крыльями. Маленький Совенок Степа застрял на стволе Пальмы. Голос его матери был очень близко, и она побуждала его лететь к ней. Но Совенок только открывал рот, пытаясь ей ответить, что у него не было сил говорить. Но из его

рта не вырывалось ни звука.

Аленушка никогда не видела такого маленького Совёнка и хотела ему помочь. Она заперла собак во дворе, где они продолжали сильно волноваться за все происходящее, спрашивая, как они могли бы помочь. Затем Аленушка пошла в дом и принесла длинную палку с мягким и пушистым концом. Эту щетку использовала её мексиканская домработница для уборки пыли. Виктор протянула мягкую часть палки маленькой сове. Птица тут же схватила его и под тяжестью своего тела повесила там вверх ногами.

Совенок Степа была очень милой и пухлой. Но у него не было еще никаких знаний об окружающем мире. Он не знал даже как использовать свои огромные крылья и

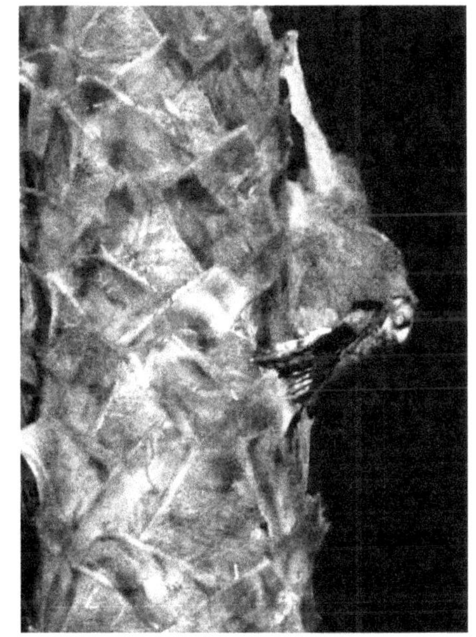

как летать, спасаясь от всякой опасности. Это знание было самым необходимым в его новой жизни.

Виктор отнес птенца в открытый кузов грузовичка, что стоял на заднем дворе. Там Совенок Степа уютно улегся, чувствуя себя в безопасности и начал отдыхать. Однако его мать очень расстроилась из-за того, что люди вмешивались в ее собственный бизнес, в то время как она учила своего ребенка важному искусству спасительного полета. Она летала невдалеке и звала

своего сына опять и опять. Мать-Сова настойчиво уговаривала Совенка Степу приложить больше усилий к обучению. Она кричала: «*У нас есть только одна ночь! К утру ты должен это все усвоить!*»

Аленушка пошла во двор, чтобы найти немного воды и, может быть, принести Совенку немного собачьего сухого корма. Но когда она вернулась, то птицы не было в грузовичке. «*Значит, его крылья не были повреждены!*» – обрадовалась Аленушка.

Однако Аленушка боялась, что птица может быть упала где-то рядом. А темнело быстро, и скоро могли прийти шакалы и загрызть малыша. Она попросила Виктора поискать его, освещая землю фонарем. Вскоре они увидели Совенка, который тихо сидел на краю дороги, глядя на людей большими желтыми глазами.

Мудрый Виктор сказала: *«Дай природе идти своим путем...»* И они ушли

спать. Но даже поздней ночью Аленушка беспокоилась о птице. Она вышла посмотреть, что с ним случилось. Его не было в грузовике, он опять улетел, и вероятно успешно. Голос его матери был все еще слышен, но не так близко, как прежде. Она все еще учила птенца летать.

Рано утром Аленушка вывела своих овчарок на прогулку. Они были счастливы услышать, как отец Сова учил своего детеныша кричать по Совиному. С этим новым уроком отец и сын сидели на дальних пальмах. Отец Сова проделывал упражнение громко и уверенно, и просил Совенка Стеру повторить это. Но детёныш просто бормотал что-то в ответ своим тонким и нежным голоском. Их голоса были отчетливо слышны в округе. Недалеко от них сидела счастливая молодая мама Сова, и продолжала звать своего Совенка прилететь к ней. Счастье и мир царили на Ранчо. Но как долго будет царить этот покой, это такое безмятежное счастье, сколько времени молодая семья будет наслаждаться жизнью в дикой природе и без проблем. Их злейший враг – сокол жил совсем близко. День разгорался все больше и больше. А сокол просыпался с восходом солнца и начинал

свою охоту. Для семьи Сов пришло время прятаться в укрытие и спать.

***

Вдоль западной дороги было много высоких пальм. Виктор посадил их много лет назад, чтобы защитить свои деревья авокадо от жаркого заходящего солнца. В конце этой дороги на последнем дереве было гнездо ястреба. В последние годы их развелось очень много на ранчо. Виктор был этому рад, потому что они уничтожали много крыс, белок и других мелких животных. Но Аленушка не любила этих сильных и опасных хищников. Особенно один из них все время беспокоил ее. Он без устали летал весь день вокруг плантация и громко кричал во время охоты, беспокоя ее душу.

***

Ранним утром Мама-сова сидела чуть дальше от своего птенца, давая отцу возможность чему-то его научить и выразить свою любовь к их детенышу. Лишь изредка она посылала им свое одобрение и энтузиазм по поводу новых успехов своего сына. Отец учил его охотничьим урокам. В обязанности отца входило находить ему еду. Так что отец отлучился ненадолго и вернулся с жирной мышкой. Птенец наслаждалась бесплатным завтраком в доме родителей, и тоненьким голоском бормотал слова благодарности за их заботу.

Родители-совы так увлеклись обучением сына, что не заметили, что ночь закончилась. Безопасная, удобная темная ночь была их другом, но она уже растворилась в новом дне. Медленно поднималось солнце. И с ним пришли всевозможные опасности для сов.

В это раннее утро Аленушка и ее собаки шли по западной дороге, направляясь

к дому и слыша любящие голоса сов-родителей и их малыша. Аленушка поняла, что молодые родители слишком увлеченно продолжают раскрывать своему питомцу основы опасной жизни на ранчо.

Внезапно со стороны последней пальмы, где было гнездо ястреба, разразился ужасающий воинственный крик. Аленушка посмотрела вверх. Огромный ястреб мчался к месту, где сидел отец-сова со своим сыном. Аленушка попытался отпугнуть этого агрессивного хищника, но ястреб не обратил никакого внимания на ее машущие руки и вопли. В то же время, немного дальше, раздалось предупреждающий и необычайно взволнованный крик матери-совы. Но было слишком поздно.

Отважный Сова-отец старался защитить своего маленького ребенка. Но что может сделать нежная Сова против огромного ястреба?

***

На следующую ночь, гуляя перед сном с собаками, уже никто не слышал счастливого крика совы-матери, заботливого разговора отца с сыном, и воркования маленького птенца. Над ранчо стояла гнетущая тишина.

***

Три дня спустя мама совы начала искать своего мужа, веря в чудо. Она перелетала с одного дерева на другое, посещая места, где они проводили до этого счастливое время. Она громко звала его отчаянным голосом. На следующую ночь, она взлетела на крышу дома, где они в лунные светлые ночи так часто встречались. Она сидела там долго, посылая свои призывы в ночь.

Аленушка не могла спать. Она с детства хорошо понимала язык животных. А после долгого времени жизни на ранчо, она научилась понимать язык птиц. Наконец она встала, вышла на улицу и сказала сове:

«Если ты найдешь себе нового друга, прилетайте ближе к дому, и селитесь здесь опять. Я постараюсь защитить вас всех от ястребов».

Сова повернула голову в сторону Аленушки, посмотрела на неё светящимися глазами, и все поняла.

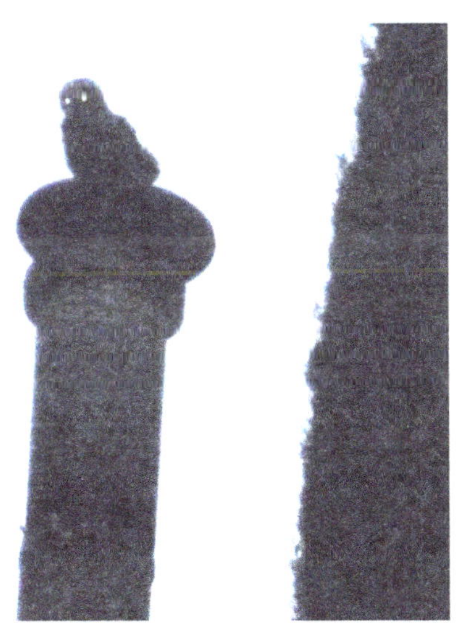

Но в течение трех следующих дней Мать-Сова молчала. Затем несколько дней она перелетала от дерева к дереву, сидела рядом с домом, зовя своего друга. И вдруг, произошло Чудо, и к ней прилетел её Друг. Жизнь продолжалась кругом вечности.

После этого случая Аленушка ходила повсюду со своим ружьем, надеясь отомстить любящей, молодой Сове.

О Совах

Совы - удивительные птицы. Они образуют только моногамные пары и расселяются только парами. Пары сов не строят свои гнезда. Они занимают расщелины, впадины или гнезда, оставленные другими птицами. Совы могут размножаться один или несколько раз в год, все зависит от количества пищи в среде обитания. В кладке может быть от 3 до 10 яиц. Самка совы инкубирует яйца. Самец совы участвует в кормлении потомства. Разного возраста птенцы могут жить в одном гнезде. Родители кормят всех детей, но приоритет отдается старшим детям.

Совы весьма полезны для окружающей среды, потому что они уничтожают много вредных грызунов. Совы никогда не едят падаль. В зимний период они делают запасы и хранят их прямо в гнезде. Пищеварительная система этой птицы устроена так, что им нужно съесть целую тушку мыши.

В Египте к Совам относились с уважением и даже мумифицировали их. В центре вавилонского барельефа была женщина с крыльями и лапами совы. И по её бокам были изображены две совы. Считается, что это одна из богинь, а совы ее охранники или компаньоны.

Странно, но в христианстве крик совы считался песней смерти. Это символизировало опустошение, одиночество и печаль.

Для древних славянских культур сова считалась демонической силой. Птица была хранительницей подземных сокровищ и предвещала огонь или смерть. Но всегда, помимо мистического символа, сова всегда была символом ума и мудрости.

***

Пусть мир моего сада успокоит мои беспокойные часы. Пусть красота моего сада сияет в моей повседневной жизни. Пусть внутренняя сила моего сада придаст мне смелости. Пусть надёжность моего сада научит меня вере. Пусть радостный цвет моего сада наполнит мое сердце песней. И пусть моё садовое зрение раскроет крылья моей души.

***

Бог создал райский сад с множеством прекрасных деревьев и чудесных фруктов. Там было дерево жизни, которое может подарить вечную жизнь. Там было дерево познания добра и зла, которое дарило смерть в этом же саду (Бытие 2:16).

***

Пословицы

В один час можно разрушить то, что создаётся веками.

***

В пути нужен спутник, а в жизни – сочувствие.

***

В трудный час нужна стойкость, в час веселья нужна бдительность.

Верность познаётся во время больших смут.

***

Говори по делу, живи по совести.

***

Действовать справедливо в удаче всегда легче, чем в несчастье.

***

Других не суди, на себя погляди.

***

Доверие и жизнь теряют только раз.

***

До смерти учись, до гроба исправляйся.

***

Жизнь дана на добрые дела.

***

Жизнь измеряется не годами, а трудами.

***

Живи тихо – не увидишь лиха. Живи по силам, тянись по достатку.

***

Ежевика

Однажды Аленушка вспомнила одну странную историю своего детства. Как-то, по настоянию бабушки, дед Минай взял её с собой в горы. Пошли они взбираться на вершину Морхотского хребта в Геленджике. Поднявшись на гору, они вдруг неожиданно обнаружили каменное древнее сооружение под названием «Дольмен». Как говорили местные старожилы, на вершинах Кавказских гор имелось несколько таких «дольменов». Явно, что эти огромные каменные глыбы могли весить до нескольких

десятков тысяч килограмм. К тому же, великолепно вытесанные глыбы стояли вертикально, а сверху пространство закрывала такая же огромная плита.

Самым удивительным было то, что много веков назад кто-то обладал удивительным умением так чисто и правильно создать это сооружение. И еще более удивительным был тот факт, что кому-то удалось поставить эти многотонные плиты друг на друга, создав хранилище или склеп.

У этого древнего сооружения, ушедшего глубоко в землю, была абсолютно круглая дыры в центре. Аленушка тут же заглянула внутрь, хотя войти туда побоялась. Хотя там уже давно было пусто, но веяло от строения какой-то чудовищной силой.

Слева от этого «Дольмена» Аленушка увидела куст своей любимой дикой ежевики. Она была очень удивлена этим ягодным кустам, которые так весело росли высоко в горах. Вечно голодная девочка бросилась к ним, несмотря на крапиву и колючки и начала жадно собирать вкусные черные и еще незрелые красные ягоды.

В то же время ее дед Минай фотографировал Дольмен и все, что видел вокруг. Позже дома, в своем потайной лачужке, спрятанной за домом, дед проявлял свои фотографии. А потом на одной из них он напечатал дореволюционным шрифтом: «Геленджикъ. Древній каменный домъ богатырей. «

Много десятилетий спустя, в память об этом странном восхождении на гору Геленджика, Аленушка посадила куст ежевики на своем ранчо в Калифорнии. Сажая растение, она забыла об огромной энергии этого щедрого и таинственного растения. Она посадила ежевику возле металлической сетки забора, который огораживал огромный холм возле дома. Неудержимая страсть и энергия ежевики не знали преград. Для этого растения не было никаких запретов. И через год ежевика уже заполнила весь забор, протянувшись на 100 метров во всех направлениях. Ежевика начала яростно прорываться через металлическую сетку забора, не спрашивая ни у кого разрешения и невзирая ни на какие препятствия. Она выбрасывала свои ветви далеко впереди, а затем, достигнув земли, сразу же вцеплялась в неё и прорастала.

А весной на кустах очень рано появились маленькие белые цветочки. А затем быстренько выскочили и ягодки, которые также быстро созревали. Аленушка собирала ягоды каждый день по целой кастрюле, соревнуясь с птицами. Но новые ягоды уже краснели на кустах, а старые – темнели, и ягоды не заканчивались. Но они иногда прятались под огромными листьями, стараясь подольше оставаться в своем родном доме.

Как-то однажды перед глазами Аленушки закрутились картины ее детства, и это восхождение на гору с дедом. Закрутившись калейдоскопом событий, тщательно скрытая, болезненная память о детстве вернулась к ней.

«Ах, эти черные глаза, меня пленили», - тихо и как-то очень задумчиво пела дорогая бабушка Анна, вспоминая своего любимого, запрещенного в СССР певца Петра Лещенко. Не останавливая песню, она украдкой посмотрела на своего мужа Миная. Она боялась резкости своего жестоко мужа, бывшего майора в отставке. Бабушка боялась, что он услышит ее песню и закричит, чтобы она замолчала.

Хотя в доме не было незнакомцев, и это была уже «оттепель» 1950-х годов, но старый страх сталинского террора жил поблизости. Этот глубокий рабский страх заставлял оглядываться в любом разговор и говорить шепотом. Но бабушка Анна, несмотря на запреты мужа, научила внучку лирическим песням певца, которые она сама хорошо знала. Его песни были полны тоски по России.

И вот, шестьдесят лет спустя, в своем американском раду, Аленушка внезапно вспомнила эти песни. И снова она пела их со своей бабушкой, но тоже тихим голосом. И ежевика пела эту песню детства, и звучал бессмертный голос прекрасного певца Петра Лещенко, замученного большевиками.

***

«Я тоскую по родине, по родной стороне моей. Я теперь далеко-далеко в незнакомой стране. Я тоскую по русским полям, по зелёному шуму листвы, и по серым любимым глазам. Как мне грустно без них. Я иду не по нашей земле. Просыпается хмурое утро. Вспоминаешь ли ты обо мне, Дорогая моя, златокудрая? Предо мною

чужие поля, в голубом, как у нас, тумане, и шумят, и шумят тополя этим утром не в меру ранним».

Аленушка думала: «*Мы могли бы построить крепкий дом в любом месте на Земле, если в сердце живет любовь. А память вечно с нами».*

ISBN: 978-1-952907-07-4